www.tredition.de

AF178749

Erhard Kaupp

Alles ganz normal

Heitere Beobachtungen
aus dem prall gefüllten Alltag

tredition®
www.tredition.de

© 2018 Erhard Kaupp
Umschlag Illustration: Erhard Kaupp

Verlag: tredition GmbH, Hamburg

ISBN
Paperback 978-3-7469-1820-4
Hardcover 978-3-7469-1821-1
e-Book 978-3-7469-1822-8

Printed in Germany

Das Werk, einschließlich seiner Teile, ist urheberrechtlich geschützt. Jede Verwertung ist ohne Zustimmung des Verlages und des Autors unzulässig. Dies gilt insbesondere für die elektronische oder sonstige Vervielfältigung, Übersetzung, Verbreitung und öffentliche Zugänglichmachung.

Vorwort

Es sind Kleinigkeiten, die einen manchmal veranlassen, sich darüber ein paar Gedanken zu machen. Oft sind es auch nur scheinbar unwichtige Dinge, die sich das Unterbewusstsein aber gemerkt hat und bei passender Gelegenheit wieder zum Vorschein bringt. So kamen diese kleinen Geschichten zustande. Sie verleiten mal zum Schmunzeln oder machen nachdenklich, sind traurig oder gnadenlos satirisch. Immer nur mit dem einen Ziel, den Leser für einen Moment aus dem grauen Alltag zu entführen und ihn dabei möglichst kurzweilig zu unterhalten. Dass ich dabei in meiner Ausdrucksweise die allgemeine Umgangssprache benutze und in Reimform setze, das ist so beabsichtigt.

Inhaltsverzeichnis

Anruf aus Hollywood

Das Telefon klingelte und auf der anderen Seite des Hörers meldete sich das Casting Büro einer Filmgesellschaft.

„Guten Tag, ich habe Ihre Telefonnummer von einem Bekannten von Ihnen und wollte Sie fragen: Hätten Sie Lust bei einem Film mitzuwirken? Wir suchen noch einen geeigneten Komparsen, der einen Gerichtsmediziner spielt."

Na klar hatte ich Lust, und ich ließ mich darauf ein in die bunte Welt des Films einzutauchen. Allerdings hatte ich keinen blassen Schimmer auf was ich mich eingelassen hatte. Es klang auf alle Fälle aufregend. Ein Kriminalfilm also, mehr wusste ich nicht. Egal, ich werde sehen, was auf mich zukommt! Meine Erwartung war hoch, ich sah schon meinen Namen im Abspann und trotzdem mal *Butter bei die Fische*, Hollywood ist weit entfernt!

*

Komparse sein ist eine Tätigkeit
die stets nur leise nach Arbeit schreit
weil ich sitze meistens stumm
wartend in der Gegend rum.
Bis ich von der Regie befreit.

So sitze ich nun heute hier
die Augen stets auf eine Tür.
Geht sie auf, bleibt zu,
innerlich hab keine Ruh.
Trink viel Kaffee anstelle Bier.

Warten, warten und nochmals warten
hier im großen Fernsehgarten.
Ist das etwa für die Katz
derweil ich spreche nur einen Satz!
Zeitvertreibend spielen wir Karten.

Ein Komparse hat es schwer,
weil er gerissen hin und her

zwischen Action und weiß noch wat
er morgen es schon vergessen hat.
Und trotzdem möchte ich noch mehr.

Die Klappe fällt, es ist so weit,
die Kamera sie steht bereit.
Ich fuchtle mit den Händen wild
als ob es abzuheben gilt.
Für einen „Profi wie mich" 'ne Kleinigkeit.

Der Produzent sagt: „Schnitt und aus!"
zum Cutter weiter: „So - mach was draus
für diesen Film, der kommt inmitten
des Vorabends im
Dritten."

Am Ende
wurde ich
rausgeschnitten.

Närrisches Liedgut

In der Tageszeitung stand geschrieben: Wir suchen den närrischen Ohrwurm für die kommende 5. Jahreszeit. Weiter hieß es: Ein selbstgeschriebenes Lied ist die Voraussetzung, mit wenig Text und eingängiger Melodie. Gut dachte ich mir, dies könnt ihr haben! Hier ist er:

„Germanys Fasnet Song The Next"

*

Eene mene Rappelkist – Narri
und Ho Narro[1].
Narrensamen, Hexenmischt – Narri
und Ho Narro.
Alle singen mit mir mit – Narri
und Ho Narro
bei diesem neuen Fasnachts Hit – Narri
und Ho Narro.

Das rote Pferd hat umgedreht
nachdem das Lasso nach ihm weht´.
Auch Nordseeküste ist nicht mehr
und Herzilein bringt´s auch nicht mehr.
Ist es draußen kalt und grau
geht´s hier im Saal ab wie die Sau
Weil alle singen mit mir mit
beim neuen Fasnets Hit.

---

[1] Narrenruf der Schwäbisch-Alemannischen Fasnacht

Die Sängerin

(Limerick)

Sie sang schon ihr Leben lang,
obwohl sie gar nicht singen kann.
So endet denn schon dies Gedicht
als eine echte Kurzgeschicht'.
Ist da nicht was Wahres dran?

Im Rotlicht Viertel

Wer hat nicht schon einmal im Urlaub ein Lokal betreten und schnell festgestellt: „Ups, hier sind wir wohl falsch!" Vielleicht weil einem das Ambiente für den Geldbeutel zu nobel erschien, oder gar das Publikum schon auf den ersten Blick erkennen ließ: „Das ist wohl nichts für uns." Das kann (nicht nur) im Ausland durchaus mal sehr leicht passieren, da ist auch nichts weiter dabei. Was aber könnte geschehen, wenn man nicht umdreht, sondern bleibt?

*

Ich ging so abends durch die Stadt,
bunte Lichter schienen satt
von denen es gibt wirklich viel,
nichts ahnend, eines wird mein Ziel.
So schlendere ich die Straße lang
vorbei an Türen dann und wann
die jedoch verschlossen sind
wie meist am Abend, weiß jedes Kind.

Neonlicht dort an der Tür
sticht mir ins Auge, kann nichts dafür
und ladet mich so förmlich ein
"Komm in diese Kneipe rein".
Sollte ich nun dieses wagen,
ich lass es mir nicht zweimal sagen.
Drück an der Tür dort auf die Klingel
und höre auch ein leis´ Gebimmel.
Komisch dachte ich noch mir
klingeln für ein Gläschen Bier?

Wie ein Sesam öffne dich
geht die Türe auf für mich.
Durch eine zweite trete ich ein
und stelle fest, bin nicht allein.
Schon viele Menschen sitzen da
bei Wein und Bier und trallala.

Doch irgendetwas stimmt hier nicht,
denn rund herum nur Dämmerlicht.
Glühbirnen strahlen im tiefsten Rot,
„Na ja, vielleicht gab´s die im Angebot?"

Ich kam ja gerade erst von draußen,
meine Brille war noch angelaufen,
so steuerte ich auf den Tresen zu.
Erhoffte mir dort etwas Ruh
um mir zu gönnen heute hier
zum Tagesabschluss ein Glas Bier.

An der Decke oben eine Kiste flimmert,
die ein Elektriker dorthin gezimmert.
Das Programm, ein Sparprogramm
bei dem die Schauspieler nicht viel an
und laufen meistens nackig rum.
Wobei: manche liegen und schauen dumm.
Es zeigt mir wie wird heut gespart,
auch beim Film scheint´s Leben hart.

Ich finde den Porno ziemlich „hohl"
jedoch die anderen fanden es toll
wie ein Mann sein Mädchen schiebt
was er offensichtlich liebt.
Mal ist er draußen, mal ist er drin,
er weiß wohl nicht genau wohin.

Was die nur denken wohl dabei?
Mir ist das eigentlich einerlei!

Hinterm Tresen eine Dame,
nicht die schnellste, etwas lahme.
" So alleine junger Mann?",
und schaut mich dabei fragend an
als suchte ich was anderes hier
als nur ein kleines Gläschen Bier.
Dabei streckt sie sich mir entgegen,
musst´ schnell nach hinten mich bewegen,
wäre dabei fast vom Stuhl gefallen

wegen zweier riesen Ballen

von denen ich wäre erschlagen worden
noch in der Nacht und weit vor Morgen.
Nur wegen einem Gläschen Bier
welches ich wollte trinken hier.

Ich befreite mich dann wieder
und setzt´ mich auf den Hocker nieder.
Schon kam ´ne andre Frau heran
und fängt an mir zu fummeln an.

„Hast du heut was Zeit für mich?",
kam dabei nah an mein Gesicht
und drückte, es ist nicht zu glauben
mir ihre Brüste auf die Augen.
Beinahe wäre das schief gegangen,
wie ich so unter ihr gefangen,
denn ich konnte nichts mehr sehen,
auch konnte ich nichts mehr verstehen
weil meine Ohren auch verdeckt.
Ich hing ganz schön festgesteckt.

Wo war ich hier denn nur gelandet,
wie ein Fisch an Land gestrandet.
Doch eigentlich war es gar nicht übel,
regnet es draußen wie aus Kübel.
Hier drinnen war es mollig warm,
kein Wunder, ´s herrschte Sex-Alarm.
Inzwischen habe ich auch bemerkt,
dass ich hier drin bin ganz verkehrt.

Wie komm ich raus aus dieser Nummer,
will doch zu Hause keinen Kummer.

Wollt doch nur ein Bierchen leeren,
wie soll ich das nur meiner Frau erklären?
Sag ich: „Ich habe mich verlaufen!",
wird sie mir das wohl nicht abkaufen.
Vielleicht wird das hier jemand lesen
bei dem es auch mal so gewesen,
und weiß mir den perfekten Rat.
Das wäre echt eine gute Tat.
Gebe dafür aus ganz gern ein Bier.

Ähem: Ich kenn ´ne schöne Kneipe hier.

Beim Zahnarzt

Wir alle kennen das. Man geht ganz locker zum Zahnarzt, setzt sich voller „Vorfreude" auf das, was vor einem liegt, ins Wartezimmer, greift sich etwas zum Lesen und lauscht den sirrenden Geräuschen aus dem Behandlungsraum. Welches nur unterbrochen wird vom leisen Scheppern des Bestecks. Man stellt sich vor, um die Ecke im Restaurant zu sitzen, vielleicht bei einem Griechen oder so. Menschen klappern beim Essen mit Messer und Gabel, während in der Küche der Koch mit dem Mixer meinen Nachtisch kreiert. Vielleicht hilft es!

*

Als lauschend zu sitzen im Wartezimmer
gibt es etwas, das ist noch viel schlimmer.
Im Sprechzimmer dann vergeht das Lachen
kommt der Doc mit seinen sieben Sachen.
Dorthin geh ich so schnell nimmer.

Himmlische Träume

„Schlaf gut und träum was Schönes!", so die einem Ritual gleichend allabendliche Zeremonie im trauten Schlafzimmer. Klingt gut, nur von was soll ich träumen? Ich mache mir ganz feste Gedanken, denke an Sommer, Sonne, Strand und versuche damit einzuschlafen. Leider hilft das nicht immer und so überlasse ich es schicksalshaft meinem Unterbewusstsein. Ganz gut, dass wir das Meiste, nachdem wir wieder aufgewacht sind, einfach vergessen haben. Manchmal bleibt aber auch etwas hängen, denn aus welchem Grund könnte man sonst so einen Quatsch zu Papier bringen!

*

Ich lieg so gern in meinem Bett
so still und ruhig wie das Brett
was unter mir liegt ganz versteckt
und von der Matratze wird verdeckt.
Ausgestreckt sind meine Glieder
dabei entstehen neue Lieder.

Geschichten die in mir überschäumen,
dank vorangegangenen Träumen
die manchmal feucht und
manchmal trocken
aus mir heraus das Letzte locken
was entsprang der Fantasie
und ich erlebte so noch nie.

So schüttle ich nur mit dem Daumen
übergroße Riesenpflaumen
die hängen an 'nem Bagger dran
der schwimmt im Wasser, Kiel voran.
Gefolgt von einem riesen Berg
worauf ich sitz als kleiner Zwerg.

Ein Indianer, ich sag es dir,
fliegt mit dem Pferd knapp über mir.
Dicht gefolgt von einem Glase
Rotwein in einer Seifenblase,
die hängt am Kirchturm, der verkehrt
auf seinem Blitzableiter steht.

Mein kleiner Zeh, 's kommt selten vor
steckt in meinem rechten Ohr.
Das tut mir auch recht sakrisch weh
weil ich auf meinen Ohren steh.
Das ist auch völlig ungewohnt
weil es ansonsten nicht bewohnt.

Ich schwimme oft und auch sehr tief,
dabei auch laut um Hilfe rief
bis mein Hals wie zugeschnürt
mich zum Erstickungstode führt.
Rot entzündet ist mein Rachen
wie bei einem Feuerdrachen.

Auf einmal sehe ich mich beim Rennen
währenddessen andere pennen.
Ich renne in ein dunkles Loch
verfolgt von einem Fernsehkoch
der schwingt 'ne Blumengießer- Kanne
anstelle seiner Braten Pfanne.

Ich fall, und falle immer weiter,
jetzt treibt mich noch ein goldener Reiter
übers Feld was kochend heiß
begossen wird mit meinem Schweiß.
Mein Weg versperrt vom Matterhorn,
ein Mädchen trägt den Hintern vorn
und steht auf seinem Gipfel
hält in der Hand mein Manneszipfel.
Ihr linkes Bein steht auf meinen Bauch,
jetzt spüre ich meine Blase auch
und hör von Ziegen laut Gemecker!
Doch gottseidank, es ist mein Wecker.

Allzeit gut behütet

Egal, ob im Sommer oder Winter, ich brauche immer etwas auf dem Kopf. Sei es eine Kappe, eine Mütze oder gar einen Hut. Aber warum erzähle ich das, es steht hier doch alles geschrieben!

*

Ich liebe diesen alten Hut
und finde auch: er steht mir gut.
Begleitet mich mein Leben lang
als Kleidungsstück für einen Mann.

Brennt vom Himmel die Sonne runter
spendet er mir Schatten drunter
und schützt so mein Gesicht
vor fiesem blendend UV-Licht.

Ich sehe damit aus nicht nur verwegen,
nein, er schützt auch noch vor Regen.
Hält dort, wo's Haupthaar etwas licht,
gegen fiese Nässe dicht.

Ist das Wetter kalt und grau,
und stürmt es draußen wie die Sau
gibt das Radio Frost-Alarm
dann gibt er mir von oben warm.

Wenn´s dann im Winter richtig schneit
macht er seine Krempe breit
und schützt so damit meine Locken
vor dicken, feuchten, weißen Flocken.

Beinahe ist es nicht zu glauben,
schützt auch vor Schneeblind meine Augen
wenn ich die Krempe tiefer stell.
Das geht ganz einfach und auch schnell.

Es darf auch sein mal eine Mütze
doch ist sie nichts bei Sommerhitze
denn da sitzt des Pudels Kern
sie hält nur die Kälte fern.

Des Mannes Kopf ein Hut muss zieren,
da hilft kein Pudern und kein Schmieren

denn selbst John Wayne der zeigte Mut
war nie zu sehen ohne Hut.

Drum lieb' ich diesen alten Hut
und finde auch: er steht mir gut
Beschützt mich stets in dieser Art
hält meine Haut wie Butter zart.

Und das Fazit der Geschicht':
Oben ohne? Geht gar nicht.

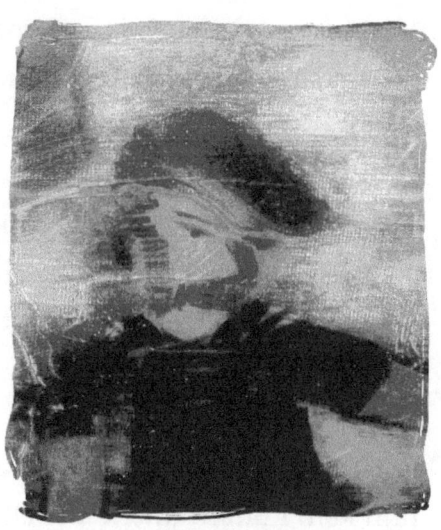

Das Lieblingsstück

Der Winterjacke ist's ein Graus
ist der Winter erst mal aus.
Blühen Pfingsten dann die Rosen
greift man zu den kurzen Hosen.
Die passen gut zu weißen Socken
will man im Sommer Mädels locken.

Darüber trägt man Birkenstock,
die taugen auch für untern Rock
in der Welt der schönen Damen.
Modisch wir Männer etwas lahmen,
das gebe ich ganz ehrlich zu.
Mensch, lasst mich damit in Ruh!

Oh ich sag's ja, Kinder, Kinder
bald ist endlich wieder Winter.
Mein Lieblingskittel aus dem Schrank,
ist hoffentlich nicht mottenkrank.
Er hat von da an Ehrentag
weil ich den Kittel einfach mag.

Man sieht nicht welch Klamottenplunder
verbirgt sich unter ihm darunter.
Dazu ist er noch so bequem,
kann mit ihm laufen, sitzen, steh´n.
Doch meist fleht meine Frau mich an:
„Zieh bitte was Gescheites an"

Verdammter Mist und Hühnerkacke,
das IST doch ´ne gescheite Jacke.
Sie beschützt mich, hält mich warm –
manch einer wäre froh daran
er könnte sie besitzen
und würde an Stelle frieren – schwitzen!

So lass ich dies geliebte Stück
zu Haus in meinem Schrank zurück.
Was nutzt mir Pelz an ihrem Kragen
wird mir verboten ihn zu tragen.
Rot kariert in weiter Ferne
trägt man sie am Nordpol gerne.
Wieso denn nicht im Hier und Jetzt?
Ich fühl mich innerlich verletzt.

Wieso weiß immer nur die Frau
was modisch passt zu dir genau?
Zumindest besser wissen glauben
und damit Männerträume rauben.
Zumindest kostet's nicht viel Geld
zu Laufen durch die Modewelt
in einem Kittel, der zwar alt
dafür Charakter hat - und ist bezahlt.

Winterschlussverkauf

Kaum zieht der Frühling ins Land werden die letzten Spuren des vorangegangenen Winters beseitigt. Es ist für Ladenbesitzer eine spannende Zeit, denn sie müssen jetzt ihre Ladenhüter in Schnäppchen umwandeln. Das geht nur mit dem lauten Lockruf von gesenkten Preisen, die in Prozenten dargestellt werden. Dieser Verlockung allerdings inzwischen auch immer mehr Männer verstehen. So ist die folgende Geschichte nicht ganz ernst zu nehmen, auch wenn sie vielleicht doch etwas Wahrheit beinhaltet!

*

Eine Frau geht gerne shoppen
und rumzuwühlen in Klamotten.
Für Schnäppchenjagd, ich sag's salopp,
läuft eine Frau sogar Galopp.
Nicht schnell genug kann es ihr gehen
sich nach Schnäppchen umzusehen.

Probleme hat nun ein Ehemann
ist seine Frau im Einkaufswahn.
Dann steht der Mann, so spielt das Leben,
geistig, wie auch am Regal meist daneben.
So bahnen sich hier irgendwann
ganze Ehe-Dramen an!

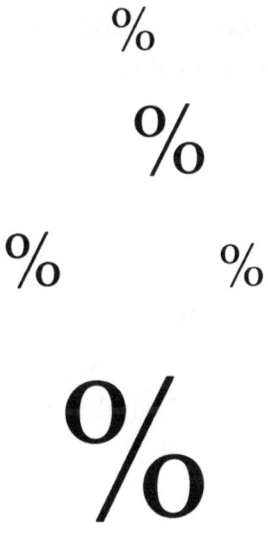

Eine schwere Geburt

Erblickt ein Baby *zum Beispiel* in England das Licht der Welt, dann ist das üblicherweise ein britischer Staatsbürger, wenn auch noch in Miniaturausführung. So bin ich ein waschechter Badener und das mit Stolz, und ich möchte dafür auch nicht unbedingt mit einem Schwaben verwechselt werden. Und wenn doch einmal, ich werde das sicherlich überleben!

*

Am Bodensee wurde ich einst geboren,
der damals war vor der Mettnau gefroren.
Ich war nur eines dieser Kinder,
die hervor brachte dieser Winter,
als ich die Nabelschnur verloren.

"Hurra ein Junge" so nuschelt der Doktor
hinter seinem Mundschutz hervor.
Meine Mama fand mich wunderbar,
obwohl ich damals noch hatte kein Haar.
Dafür sang schon Solo, ganz ohne Chor.

Es war zu der frühen Morgenstunde
eine gar lockere Entbindungsrunde.
Denn auch die Nachbarin im anderen Bett
bekam ein Mädchen, das schien ganz nett.
Doch die hatte nicht mal Zähne im Munde!

Dazu war die Mama im Städtlein bekannt
als eine „Geborene vom Schwabenland!"
Wurde' ich doch geboren als Badener
vom See
ich nun folgendes nicht versteh:
Des Dings als badisch wird anerkannt!

Vielleicht könnte man das nochmal „biege"
überlege ich mir, während ich hier so liege.
Ich bin beileibe kein Rassist
und schreibe viel, darunter auch Mist.
Doch das bekam ich wohl mit in die Wiege.

War meine Feder wohl wieder sehr spitz
mit der ich die Gemüter erhitz.
Will darüber nicht völlig vergessen,
die Suppe wie gekocht, wird nie
so gegessen.
Drum lest die Geschichte einfach als Witz.

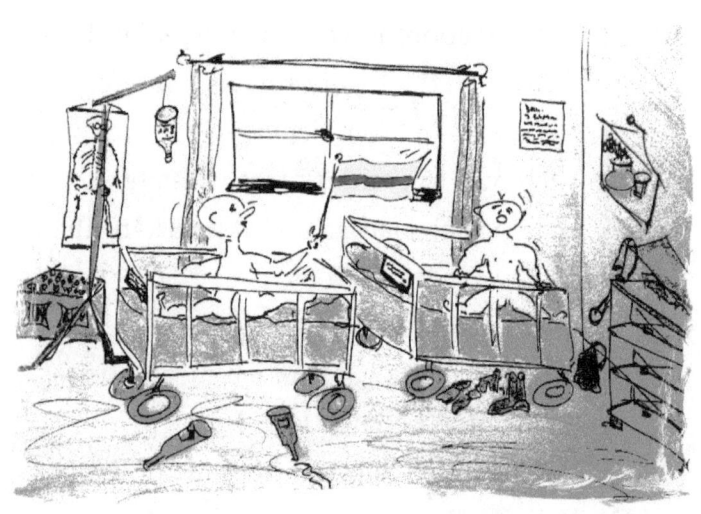

Ratoldus

Bischof Radolf aus Verona legte im Jahre 826 den Grundstein für die spätere Stadt Radolfzell, die 2017 gebührend ihr Jubiläum feierte.

*

750 Jahre Radolfzell.
Da sieht man wie die Zeit, sie läuft so schnell.
Wie Treibgut am Ufer einst an gestrandet
ist Bischof Radolf am See hier gelandet.
So weiß man aus sicherer Quell'.

Besah sich zuerst der Reichen Au
und landet danach den Super Gau.
Gegenüber am See war viel mehr Platz
weshalb er ihn hütete wie einen Schatz.
Der Mann aus Verona, der war halt schlau.

War der zuvor noch unbekannt
als Gründer der Stadt nun anerkannt.
Als Ratoldus in allem Munde,
Tag für Tag und Stund' um Stunde.
Bis weit hinaus übers Badner Land.

Schwarzwälder Kirsch

Viele Gerüchte gibt es um die wahre Herkunft der Schwarzwälder Kirschtorte. Recherchen für ein Bürgerprojekt haben ergeben, dass das Rezept tatsächlich aus Radolfzell am Bodensee stammt. Wie dies ein handgeschriebenes Rezept (vom Ende der ´20 Jahre) belegt.

*

Am liebsten esse ich Schwarzwälder Kirsch,
sie gehört am Sonntag zum Kaffeetisch.
Diese Torte find´ ich wahnsinnig lecker
wäre gerne beruflich Genussentdecker.
Ich sag das nur „weil´s halt so isch!"

Einst wollte El Nino[2] ich damit beglücken
tat ihm eine Schwarzwälder Torte schicken.
Der schaute zuerst ganz schön verdutzt,
und dann, noch bevor er die Torte verputzt,
wollten die Möwen ihm diese weg picken.

---

[2] „El Nino" ist eine Zinnstatue an der Radolfzeller Mole

Noch waren die Möwen weit entfernt
haben die Fische sehr schnell gelernt.
El Nino hält zwar fest seinen Teller
doch die Fische, sie waren viel schneller.
Nun sitzt er ohne, so wie man ihn kennt.

Verkaufsoffener Sonntag

Entspannt durch die Stadt bummeln und in aller Ruhe einkaufen, so stand es zumindest in der Tageszeitung. Eine Aktion zum Wohle der verwöhnten Bürger, denn sonntags ist weniger Verkehr auf den Straßen, und weil auch wirklich keiner arbeitet, was nach dem Gesetz streng verboten ist, gibt es auch viel mehr Parkplätze in der ansonst zugeparkten Stadt. Also geht man zum Einkaufen, wenn alle gehen.

*

Verkaufsoffener Sonntag bedeutet kaufen,
um dorthin zu laufen wo alle laufen.
Jeder Sonntag hat ein Thema
so gehört es zum Werbeschema.
Während die einen noch mittags pennen,
die anderen schon zum SeeMaxx[3] rennen.
Dicht gedrängt durch schmale Gassen,
ich kann das alles gar nicht fassen.

---

[3] Outlet Center in Radolfzell a B.

Kampf-Shopping ist angesagt,
da wird der Mann nicht lang gefragt.
Die Frau fegt am Regal entlang,
dass dem Mann wird angst und bang.
Plagt Frau ansonsten die Migräne,
wird sie im Kaufrausch zur Hyäne
und sieht sie erst noch Schuhe,
ist es endgültig aus mit Ruhe.
In Schuh um Schuh wird reingeschlüpft
und so der Schweißfuß ausgedrückt.
Hat sie Hände dann wie Kleber
geht es noch zu Gerry Weber,
greift dort ´ne Bluse im Regal,
die Farbe ist dabei egal.
Hauptsache sauber sind die Hände.
Könnte darüber schreiben Bücherbände!

Wir verließen diesen Laden
schon tauchten auf die nächsten Fragen.
Jetzt darf der Leser 3 x tippen
was meiner Frau lag auf den Lippen!
„Ich weiß nur noch es war ganz nah‘

wo ich den andren Laden sah, -
in dem aus einer alten Truhe
lugten nagelneue Schuhe!
Bin sicher, sie dort hinterm Fenster stand
mir selbst der Laden unbekannt!"
Vom vielen Laufen ich benommen
sind endlich wir dort angekommen.
Nur noch fünf Stufen ging es hinauf,
wie von alleine tat Sesam sich auf.

Es klang ein Glöcklein. „Klingeling!",
und irgendwo machte eine Kasse „Bing."
Vor uns der Frauen Schlaraffenland,
eine Welt die uns Männern unbekannt.
Klamotten und Schuhe und Zubehör,
für die rüstige Greisin bis zum jungen Gör'.
In allen Farben hängen Blusen,
und Wundertüten für den kleinen Busen.
Die sollen der Männer Sinne rauben
und sorgen so für große Augen.
Unter der Treppe hinter dem Vorhang
spielte sich ab ein gar lustiger Vorgang.

Ich traute meinen Augen nicht,
als der Vorhang sich öffnet für freie Sicht.
Ein Fräulein, bestimmt schon 80 Jahr,
stand vor der Verkäuferin, fast nackt bis
aufs Haar.
Anprobiert hat sie den Bikini von Prada,
stand nun jedoch blank nur im Höschen da.
Schwenkte das Oberteil hoch
über dem Kopf,
der gekrönt war mit einem silbernen Zopf.
Die Verkäuferin meinte: „Das ging
ja ratzfatz!"
„Klar junge Frau, weil alles im Höschen
hat Platz.

Festzelt ähnlich römische Gewänder
hängen hoch am Treppengeländer.
Accessoires werden genau studiert
und mancher Fummel anprobiert.
Hände durchsuchen so Stück für Stück
von unten nach oben und wieder zurück.

Wie Falschgeld stand ich so daneben,
so hart kann sein ein Männerleben.

Beinahe vergessen hätte ich die Schuhe
im Schaufenster dort in der alten Truhe.
Doch schnell erinnerte mich meine Frau
„Da schau in der Truhe! Schau nur –
schau!"
Schon hielt den ersten sie in der Hand,
der ferner auch als Spinatstecher bekannt.
„Ach Schatz sind die nicht wunderschön?"
Obwohl zu Hause schon zwanzig steh'n,
schaute ich hinüber zur alten Truhe.
„Jaaa – Schatz, schön!", und schon hatte ich
meine Ruhe!

Vorbei war's schnell mit meiner Ruhe,
als wir kamen zurück zur Leder-Truhe.
Diesen Namen merke ich mir,
gehe dorthin nicht mehr mit ihr.
In allen Farben standen Taschen,
mit Ösen dran und andren Laschen

durch die man zieht die Taschenträger.
Natürlich nur aus feinstem Leder!
Sie musste die Taschen ausprobieren,
zwei Stunden lang – nicht übertrieben,
derweil ich schaute zum Fenster raus.
Das hält doch kein Mann nicht aus!

Eigentlich wollte sie gar nichts kaufen!
Ach ja, es ist zum Haare ausraufen.

Wie wir wollten gerade eben gehen,
da hätte sie es beinahe übersehen.
An einem Regal da hing ein Schal,
der war vielleicht eine Handbreite schmal.
Das Design war echt grandios
und auch die Farben wirklich famos.
Auf meine Frage nach dem Preis
sagt die Verkäuferin: „Der ist heiß!"
Schaut mich noch an, ich war verwundert
weil sie nebenbei sagt: „Der kostet 300,-!"

Drauf sagte ich: „Das ist mir egal,
weil ich brauch´ im Keller so ein Regal.
Das kostet im Baumarkt sicherlich mehr
hier sind 300,-! Bitte sehr."
„Nein, nein" - so sagte die Dame dann,
„Ich meine den Schal, der hängt daran!"
Auf einmal war des Stoffes Preis,
der zuvor galt noch als heiß
kühl wie des Pinguins Popo.
„Komm gehen wir weiter!" – Mensch,
war ich froh.

Das Frühlingskonzert

Frühling ist eine wunderbare Zeit. Wenn alles in voller Blüte steht und die Tage wärmer werden, beginnt die Zeit der Konzerte. Vom Jazz bis zur Klassik ist für jeden etwas dabei. So auch im wunderschönen Kurpark auf der Halbinsel Mettnau, die vor Radolfzell in den Bodensee ragt. Ich schlendere also früh morgens durch den Park, im Schatten hoher Bäume vorbei an noch feuchten Wiesen. Für mich die schönste Tageszeit, es ist alles rundum noch still und friedlich, ja beinahe wie unberührt. Die ersten Blüten beginnen sich im Frühtau zu öffnen und strecken sich den wärmenden Sonnenstrahlen entgegen. Ich setze mich auf eine Bank, die direkt am See steht, und ich beobachte das Spiel der Wellen. Ein stolzer Schwan zieht mit Frau Schwan und sechs quicklebendigen Küken vorbei, während weiter draußen ein eifriger Ruderer sich anscheinend auf die nächsten Olympischen Spiele vorbereitet.

*

Wie oft am Sonntag ließ ich mich verführen
und ging schon früh im Kurpark spazieren.
Der liegt wunderschön auf der
Halbinsel Mettnau.
Da spielt jemand Musik, ich hört' es genau.
So nahm ich meine Füße denn in die Hand
und querte den Park, der mir gut bekannt.
Vorbei an Bäumen so alt wie der See
an dessen Ufer entlang ich nun geh.
Ich mag diesen Park, so herrlich ist's hier,
ich freute mich schon auf mein
Frühschoppen Bier.

Angekommen dort im Mettnau-Café
welches liegt wirklich herrlich am See.
Ich auf der Terrasse Platz genommen
wo eben noch ein Mann saß, vom
letzten Viertele[4] benommen.
Der trollte sich nun singend von dannen,
mit seinem Ohrwurm, den er gefangen,

---

[4] Umgangssprachlich für ¼ Wein

vorbei an den Leuten, die saßen im Garten
und auf das nächste Lied der
Jazzband warten.

Sie saßen da in Reih und in Glied
Schon spielt die Jazzband das nächste Lied.
Mit „All of me" intonierten sie
eine herrliche alte Swing Melodie.
Boote schaukelten vor sich hin
die hier vor Anker, im Wasser drin.
Platanen und Birken, sie wogen im Wind,
ein Vater schaukelte im Wagen sein Kind
im Rhythmus zu den schrägen Tönen,
die aus den alten Lautsprechern dröhnen.
Die Menschen, die auf den Bänken sitzen,
sie mächtig schon in der Sonne schwitzen.
Mensch wie schön ist es hier im Schatten
unter dem Dach, und vor mir der Garten.

Meine Freunde waren auch schon da,
der Tag wird wohl schön, wie wunderbar.

Den besten Platz, den hatten wir,
jetzt fehlte uns nur noch ein kühles Bier.
Wir machten uns auf den Stühlen breit
und sofort stand auch schon
ein Kellner bereit.

Wir winkten ihn an unseren Tisch
und bestellten zu Essen einen toten Fisch.
Dazu 'ne Kartoffel, wie ich sie gern mag,
gefüllt mit Knoblauch und Kräuterquark.
Während wir auf das Essen warten
betrachten wir den schönen Garten
der lag direkt vor der Terrasse hier
wo in den Blumen wuselt kleines Getier.
In den Blüten der Lupinen
summten fleißig die Honigbienen.
Libellen hockten aufeinander
und spielten ihr Spielchen miteinander
was Fische treiben unterm Wasser
und sind dabei nur ein etwas nasser.

„Sie hatten bestellt ein kühles Bier?"
so vernahm eine Stimme ich neben mir.
Der Ober mir rettet so mein Leben,
dehydrierte ich gerade noch eben.
Während ich mir spüle die trockene Kehle
quält ein Musiker seine Ukulele.
Offensichtlich machte er sich daran
und fing soeben mit seinem Solo an.
So hatte Pause die Sängerin,
worüber ich heut noch nicht böse bin.
Denn wie sagte einst ein berühmter Mann,
an den ich erinnere mich heute noch dran.
Musik wird oft mit Lärm verbunden,
weil meistens mit Geräusch verbunden.

Ein lautes Geräusch kam aus der Küche,
woher auch rochen diverse Gerüche.
„Bäng, bäng, bäng!" tönt es wie Donnerhall,
kurz darauf gleich noch einmal.
Des Rätsels Lösung war so einfach,
dass ich noch heute darüber lach.

Der Koch ein Schnitzel hat erschlagen,
als ginge es um Kopf und Kragen.
Ich dachte schon es war der Fisch,
der mir serviert an meinem Tisch.
Doch dieser hatte vorher schon Ruhe -
er kam erfroren aus der Truhe.
Das verriet das „BING" der Mikrowelle,
welche in garte auf die Schnelle!
Der Salat war dafür knackig frisch
und passte gut zu meinem Fisch.
Nur die Sauce war sehr dünn,
in welcher schwamm mein Fisch darin.
Der Ober schaute ganz verdutzt
wie schnell den Teller ich verputzt.
Ich habe mich rundum satt gefühlt,
und mit Bier noch nachgespült
was zuvor noch war im Glase.
Inzwischen drückt es auf die Blase.

Hatte einen Nachtisch noch gewählt
und gleich die Rechnung mitbestellt.

So kam es, wie es kommen muss
auch die Band, die machte Schluss.
Kaum war der letzte Ton verklungen
(einer hatte noch mitgesungen)
stand alles auf und ging nach Haus.
Der Frühschoppen, der war damit aus.
Alle fanden es wunderbar
und auch für uns war sonnenklar.
Wir werden wieder hier her geh'n
denn alles in allem war's wunderschön.

Der kleine Unterschied

Gleichgeschlechtliche Beziehungen, Transgender, Geschlechtertausch, all das sind Themen über die früher nur unter vorgehaltener Hand getuschelt wurde. Wenn überhaupt! Auf einmal outet sich ein Kollege schwul zu sein und die Mutter seiner Kinder war früher deren Vater. Die bunte Welt wird zu einem menschlichen Wimmelbild-Spiel und ist immer für eine Überraschung gut.

*

War abends noch spazieren gehen,
und traf durch Zufall Fräulein Schöhen.
„Was schauen sie mich so seltsam an
wussten sie nicht? Ich bin ein Mann!"
Dann ließ er mich verdattert stehen.

Das waren noch Zeiten

War früher wirklich alles besser in der oft erwähnten „Guten alten Zeit?" Das möchte ich jetzt so nicht unterschreiben. Für mich aber steht fest, es war anders. Ich würde sogar behaupten, es war menschlicher. Obwohl in der Schule noch gezüchtigt wurde ohne gegen ein Menschenrecht zu verstoßen. Heute braucht ein 11-Jähriger schon einen guten Rechtsanawalt, der ihm mit Rat und Tat zur Seite steht. Wie freuten wir uns, wenn wir, noch bevor der Schulunterricht begonnen hatte, uns für 5 Pfennig[5] eine Wundertüte leisten konnten. Heute erhoffen sich die Kinder die aktuelle App für ihr Smartphone, welche die Auflösung der nächsten Klassenarbeit schon vorhersagt. Aber immer schön der Reihe nach.

*

---

[5] Ehemals beliebte Währung

Früher, Mensch, das waren noch Zeiten,
war alles viel besser, man könnte sich
darüber streiten.
Wie beginne ich nur, eigentlich egal
und so fang ich an mit: „Es war einmal!"

Als junger Mann, noch unbekannt,
bin ich aufgewachsen weit draußen
im Hinterland.
Einen Kindergarten gab's noch nicht,
jedenfalls noch nicht für mich.
Stattdessen beim Bauern auf dem Feld
gab es für Mithilfe Taschengeld.
Meist nur in Höhe von ein paar Pfennig,
was heute klingt erschreckend wenig,
aber dafür gab's gratis an den
Händen Blasen.
Heut kriegt's die Jugend wohin geblasen.

Soweit erinnern ich vermag
rief mich die Schule Tag für Tag.

Wer im Unterricht aufmerksam war
bekam ein „Fleißbild" wunderbar.
Zeremoniös in die Hand gegeben,
gab es sogar dem Faulsten zu überlegen!
Ab und zu bekam auch ich so ein Ding,
welches Mama daheim über
mein Bettchen hing.

In der fünften Klasse dann,
fing die Erziehung richtig an.
Unser Lehrer war bekannt,
stellte uns Jungen gern an die Wand.
Für jedes Mal wir frech geworden,
bekamen wir eine übergezogen.
Danach, da jammerten wir alle kläglich,
doch im Nachhinein war es alles andere
als für uns schädlich.

War die Schule mittags aus
Ging es meist nicht direkt nach Haus.
Inzwischen wir Jungs im Dorf bekannt,
wurden wir nur noch Rotzlöffel genannt.

Denn früher wie heut in der Pubertät,
zum anderen Geschlecht wurd´
gern rüber gespäht.
Es gab da die weiblichen Dorfschönheiten,
die konnten uns Rotzlöffel schon
Freude bereiten.

Zu allen Schandtaten waren sie zu haben
sogar schon morgens und nicht
erst am Abend.
Auch ich kannte im Dorf so eine Schönheit,
sie war stets höflich, willig und
allzeit bereit.
Doch lasse ich besser dieses Thema jetzt,
sonst fühlt sich am Ende noch
jemand verletzt.

Dann, eines Tages begann der Ernst
des Lebens
worauf manch einer wartet bis heut
noch vergebens.

Die Zeit, sie war für uns eine schwere
denn zum Arbeiten brauchte es eine Lehre.
War es für uns die Zeit von Entbehrungen,
so sammelten wir doch unsere
ersten Erfahrungen.
Manchmal wünsch ich mir die Zeit zurück,
klingt das nicht etwa total verrückt?

Freikörperkultur

Urlaub bei uns ist wunderschön,
gibt es am Bodensee so vieles zu seh'n.
Wir machen uns nun etwas nasser,
denn es geht ums Thema Wasser.
Es gibt nämlich neben dem
schwäbischen Meer
auch Hallenbäder und noch mehr.
Sauna und Therme, was gut für die Fitness
und FKK – ja, ja - das gibt es.
Bio-Schulung in Reinkultur
und das im Freien – ich sag's ja nur.
Beschreibe es frei und gerade heraus
das sieht dann in etwa so ähnlich aus:

Ein Mann zieht langsam aus die Schuh,
er macht das ganz entspannt in Ruh'.
Zieht sein T-Shirt übern Kopf
der modern gekrönt mit Zopf.
Auf der Brust prangt ein Tattoo,
das gehört nun heute mal dazu.

Befreit sich dann noch von der Hose
die vom Gürtel befreit schon hing ganz lose.
Manch Frau schielt nun schon ungeniert
auf ES, des Mannes „einzig" Glied
welches stolz er gerne zeigt.
Obwohl, 's ist nur 'ne Kleinigkeit.

Noch hab' ich nicht kapiert warum
läuft es bei IHR ganz anders rum?
Die Frau aus Scham sich weggedreht,
als ob bei ihr etwas verkehrt!
Die Meisten schon laufen nackig rum,
während Frauen drehen sich schamhaft um
wenn sie sich oben rum entblättern
als hätten sie was zu verstecken.
Doch im Gegensatz zum Mann
ist an IHR ganz schön was dran!
Vielleicht habe ich auch übertrieben,
doch jetzt ist es schon hingeschrieben.

Also: Vor dem Schwimmen zackig
machen Menschen sich pudelnackig

und legen sich so in die Sonne,
meist ist der Anblick keine Wonne.
Doch finden es alle wunderschön
bläst dazu vom Rheintal her der Föhn![6]
Er streicht so, wärmend aus Italien,
über das Haupt und die Genitalien
der Menschen. Die so nackt wie Pudel
entsteigen des Flusses Wasserstrudel.

Das Baden ist so purer Spaß,
denn weder Hemd noch Hos´ wird nass
und eines wird mir sofort klar,
FKK – scheint wunderbar.
Man sieht des Menschen Konstruktion
nicht nur von hinten, auch von vorn.
Mit großen und mit kleinen Augen
die Frauen der Männer Sinne rauben.
Gern erzähl ich davon mehr,
denn es kommt sicher davon her,
dass was als Baby sie zuerst entdecken

---

[6] Wind am nördlichen Alpenrand

sind Brüste, sich ihm entgegenstrecken.
Kann davon nicht genug bekommen
und macht dran rum bis er benommen
von der Muttermilch.
Der kleine Knilch!
Das setzt sich fort bis alt der Mann
und beinah nichts mehr sehen kann.
Nur Fantasie ihn noch erregt
dabei - vielleicht - sich noch was regt!

Doch nun zurück zum nackten Bad
von dem ich grad erzählet hab.
Tät dort beim Mann sich was bewegen
könnte das auch manche Frau erregen!
Nur ihnen sieht man es nicht an!
Völlig anders als beim Mann
der schnell ins kalte Wasser springt
und dort nach Atem-Lüften ringt.
Danach tut aus dem Wasser steigen
als hätte er was zu verschweigen.
So ist der große Unterschied,
sehr oft viel kleiner als ihm lieb.

Man sieht's denn Frauen förmlich an,
Drei-Tage-Bart beim Mann kommt an.
Doch ist das völlig anders rum,
wenn Frau hat sowas unten rum!
Denn: Intim-Rasur, hoch interessant,
war früher gänzlich unbekannt!
Angeblich kommt vom Orient
was der Westen lang verpennt.
Ob nun der Rasen frisch getrimmt,
oder von Wildwuchs wird bestimmt,
ist mit letztendlich piep-egal.
Ist das nicht alles ganz normal?
Denn bettelarm, oder stinkend reich,
nackig sind doch alle gleich.

Camping

Der Mensch ist ein wundersames Tier. Während die einen nicht aus ihren schützenden Höhlen herauszulocken sind, bevorzugen die anderen ihre Behausung mit durch die Welt zu schleifen. Wie Schnecken zum Beispiel und die Schildkröte. Aber auch der Mensch. Nennt er zu Hause seine gemütlichen und komfortablen 80 m² sein Eigentum, fühlt er sich offensichtlich unwohl, denn warum um alles in der Welt lässt er sich auf so was ein.

*

Am Campingplatz, wo ich war heute,
traf ich viele fremde Leute.
Sie kamen wohl von nah und fern,
derweil im Rudel campt man gern.
Nun stehen die Zelte dicht an dicht,
und rauben mir die schöne Sicht
auf den blauen See dort hinten.
Das kann ich leider nicht verhindern.

So ein Zeltplatz, es ist bekannt,
auch Rheumawiese wird genannt,
weil man liegt meistens auf dem Boden.
An diese Stelle möchte ich meine
Luftmatratze loben,
die sich als Bindeglied
zwischen mir und Erde sieht.
Gelobt sei das was härter macht.
Ich wünsche erst Mal gute Nacht.

Aus mit Ruhe, ich höre was,
doch was nur bitte ist denn das?
Erst ein Kracher, jemand stöhnt,
es bis zu mir ins Zelt her dröhnt.
Dann eine Wolke und seltsamer Duft
als würde geöffnet eine Gruft.
Ich will nun mal nicht übertreiben
Aber: Will mich mit Fürzen wer vertreiben,
begleitet von einer Wolke Gas.
Menschenskind, macht Camping Spaß.

Zuhause sitz ich im Sessel oben,
hier direkt auf dem harten Boden.
Hab unter mir noch eine Decke,
dort kleine Tiere ich entdecke.
Ameisen machen sich gerade daran
und pinkeln nebenbei meine Beine an.
Wie romantisch ist so ein Lagerleben,
möchte ich bemerken, so mal eben!

Wollte eben mir gönnen mein Abendmahl,
hör ich klack, klack - einmal,
zweimal, dreimal!
Was ist denn das nun wieder hier,
missgönnt mir jemand mein Feierabendbier?
Ich schiele durchs Vorzelt, sehe mit Schreck,
baut jemand ein Zelt auf, kein Meter weit weg.
An langen Schnüren festgemacht,
ist das ganz clever ausgedacht.
Die Heringe hat er schon eingeschlagen,
sie zuvor noch in der Kiste lagen.

Zieht aus sein Hemd, welches verschwitzt,
ich denk noch, wie bitte, ist das ein Witz?
Es roch, ich sage mal, etwas streng,
ok, es war ihm sichtlich auch zu eng,
und hängt es mit einer Seelenruhe
über mein Zelt in dem ich ruhe!
„Ich glaube wohl ich spinne",
denn das war nicht in meinem Sinne!
Leg mich wieder hin, sag zu mir „Gute Nacht"
so was *im Leben nie*, hätte ich mir gedacht.
Da muss man erst mal Camping machen,
es gibt im Leben ja sonst nichts zu lachen!

Auch Campingbusse aller Klassen
stehen dicht an dicht in Massen.
Die Fenster alle stets verdunkelt,
was wird dahinter wohl gemunkelt?
Was treibt den Menschen nur dazu,
sich einzusperren wie eine alte Kuh
in so ´ne Kiste winzig klein.
Ist ihm ein Haus zu groß als Heim?

Wo jeder hat sein eigenes Zimmer,
ist im Campingbus viel schlimmer!
Außen rum eine dünne Wand,
als ob der Winter unbekannt.
Das Bett ist meistens viel zu kurz,
draußen hörst du jeden Furz,
und so den Nachbarn informiert
in welcher Tonart er wurde intoniert.
Fahren, schlafen, Bücher lesen,
kochen, braten und auch essen.
Schlafen und kacken in einem Raum,
Camping machen ist ein Traum!

Wunschtraum

Die Zeit nach Beendigung einer langjäh-
rigen Beziehung kann sehr grausam sein.
Wieso ausgerechnet ich, was habe ich nur
falsch gemacht? Ohne Zweifel ein guter Ansatz,
den Fehler zuerst bei sich selbst zu suchen. Ein
hartes Stück Arbeit. Unzufriedenheit macht
sich breit, vor allem Einsamkeit und man begibt
sich auf die Suche, nach dem rettenden Stroh-
halm in der Menge freilaufender Singles. Und
dann kommt endlich der Tag der Erlösung.

*

Dich hat der Himmel zur Erde geschickt,
hierher wo die Uhr ach so irdisch tickt.
Ich denke mit uns, das könnte was werden,
wir würden erleben den Himmel auf Erden.

Noch kämpft ein jeder für sich allein,
doch das mit uns, das soll anders sein.
Vorbei wäre die Zeit der Einsamkeit,
die Stärke heißt: Gemeinsamkeit.

Unterm Apfelbaum

Der Sommer geht langsam zu Ende, der Herbst steht vor der Tür und die Zeit der Apfelernte steht kurz bevor. Ich erinnere mich. Wir waren kleine Kinder und durften, beim Bauern in der Nachbarschaft, bei der Ernte mithelfen. Stolz nahmen wir die ersten Pfennige Taschengeld entgegen. Essen durften wir während des Pflückens natürlich so viel wir wollten. Auch ich aß einen Apfel und setzte mich unter einen Baum, müde von der schweren Arbeit.

*

Auf der Wiese stand ein alter Apfelbaum,
dort erlebte ich ein gar seltsam Traum.
Ich saß im Gras, träumte in mich rein
und musste dabei eingeschlafen sein.
Hab nicht bemerkt, die lange Leiter,
die stand am Baum, nur einen Meter weiter.

Ein blondes Wesen mir erschien,
obwohl ich eingeschlafen bin.
Lacht vom Himmel hoch herunter,
ich fühlt' mich wach und völlig munter-
Wolken fielen, auf mich nieder,
auf meine ausgestreckten Glieder.

Unbemerkt, weil tief gepennt
kam des Bauers Tochter angerennt.
Sie erklomm die lange Leiter,
die dort stand, nur einen Meter weiter
Mit einem Körblein unterm Arm
machte sie sich an die Äpfel ran

Sie pflückt unten, rechts und auch mal oben,
ihr Vater wird sie dafür abends loben.
Wenn das Körbchen bis auf den Grund,
gefüllt mit Äpfeln, die ja so gesund.
Nur nicht für mich, weil ungelogen,
ein Apfel kam auf meinen Kopf geflogen

Auf der Wiese stand ein alter Apfelbaum,
dort erlebte ich ein gar seltsam Traum.
Ich saß im Gras, träumte in mich rein
und musste dabei eingeschlafen sein.
Und die Moral,
von der Geschicht´,
leg dich lieber unter Bäume nicht!

Herbst

Ein milder Herbsttag, die Sonne gibt noch einmal alles und es zieht mich mit Macht hinaus in die Natur. Dorthin wo die Bäume sich in ihren schönsten Farben präsentieren. Ich stelle fest, dies ist für mich eine der schönsten Jahreszeiten.

*

Über Felder Nebel ziehen
der Morgensonne sie entfliehen.
Ein Bächlein sucht sich seinen Weg
durch buntes Laub und Wurzelwerk.

Rauer Wind bestimmt das Wetter
von den Bäumen fallen Blätter.
Einst grün das Gras, es stellt sich tot
in Bälde schon der Winter droht.

Wenn alte Störche nicht mehr klappern,
gemeinsam mit den Jungen flattern,
und auf dem Weg nach Süden sind,
dann begreift schon jedes Kind.

Es ist Herbst

Enttäuschte Liebe

Sich etwas von der Seele schreiben ist eine gute Art von Therapie. Vieles kommt aus dem Innersten nach außen, aber manchmal spielt einem das Unterbewusstsein auch einen komischen Streich und man kann nicht mehr mit Sicherheit sagen: Habe ich das nicht schon einmal irgendwo gehört?

*

Niemals habe ich dich belogen
und dich auch nie verletzt.
Ich wäre gerne mit dir hochgeflogen,
aber inzwischen bin auch ich besetzt.
Du hattest Wind unter deinen Flügeln,
der dich zu anderen hingebracht.
Ich hätte dich NIE fragen sollen,
damals in dieser Nacht.

Der Traumjob

Die Könige der Landstraße, so wurden sie einmal bezeichnet. Die Lenker der immer größer und schwerer werdenden Brummis, die heute aus dem Straßenbild nicht mehr wegzudenken sind. Die große Freiheit auf Rädern bei der man weit herumkommt. Quer durch ganz Europa, ja sogar bis auf andere Kontinente hinein nach Nordafrika. Der Chauffeur sitzt den ganzen Tag im Sessel neben seinem Bett, duftender Kaffee läuft neben ihm auf der Konsole durch die Maschine, beruhigend monoton verrichtet unter ihm ein 8 Zylinder Diesel seinen Dienst während er sich durch die großen Panoramascheiben die herrliche Landschaft fremder Länder betrachtet. Durch mehrere Spiegel, die außen am Fahrzeug angebracht sind, besitzt er das Privileg, diese sogar noch von der anderen Seite her zu betrachten. Abends stellt er auf einem gemütlichen Parkplatz sein Fahrzeug, welches zur Königsklasse gehört, auf einem

Ruhigen Parkplatz ab und legt, von herrlicher unberührter Natur umgeben, ein Würstchen auf den Grill. Vielleicht hat er sich noch ein kleines Lagerfeuer gemacht, sitzt in seinem klappbaren Stuhl, den er immer mit dabeihat, lehnt sich genüsslich zurück und spult, gleich einem Film, den zu Ende gehenden Tag noch einmal vor seinem Auge ab. Was hatte er heute auch nur alles gesehen! Intensiv zieht er noch einmal an seiner filterlosen Zigarette, bevor er die Kippe ins Feuer wirft und steigt zufrieden und glücklich nach oben in sein Himmelbett. Er faltet seine Hände zum Gebet und dankt dem lieben Gott für den schönsten Beruf auf diesem Planeten. Welch wunderschöne, heile Welt!

*

Ich weiß nicht mehr wohin,
auch nicht, wo ich gerade bin,
ich weiß nicht mehr was soll ich tun,
denn zu viel geschieht um mich herum.

Montag morgens geht es los,
gut erholt fühl ich mich grandios.
Auf der A8 der erste Stau,
habe es mir gedacht, ich wusste es genau,
die erste Umleitung, schnell rechts raus,
auch hier ein Stau, es ist ein Graus.

Das zieht sich über Wochen so,
nicht nur hier, auch anderswo.
Dazwischen wird schnell Fracht geladen,
der Handel muss die Ware haben,
weil Kunden nicht gern lange warten
auf das, was sie bestellet hatten.

Irgendwann steht Freitag vor der Tür,
ich will nach Haus, will nur zu dir.
„Nur eine Fracht noch!", sagt mein Chef
und lächelt dabei auch noch frech.
Doch er ist hier der Boss
wie früher ein König auf seinem Schloss.

Meine Familie ist ihm nichts Wert
nur meine Leistung ist´s die für ihn zählt.
Menschlichkeit, die gibts nicht mehr,
ein Chef nimmt sich was Neues her.

Die Warteliste die ist lange,
macht der Wirtschaft Angst und Bange
der Mindestlohn, der wird gehalten,
gut verdient, hatten nur die Alten.

Doch Intelligenz, die kostet Geld,
wobei der Dumme bewegt die Welt
die schwer auf seinem Rücken liegt,
im Leben, was es für ihn nur einmal gibt.

Im Leben etwas zu erreichen
bleibt vorbehalten nur den Reichen.
Der Teufel scheißt nur auf den
größten Haufen.
Ist das nicht zum Haare ausraufen?

Die Kur

„Eine Kur ist kein Urlaub!", „eine Kur ohne Schatten ist keine richtige Kur!", oder „Eine Kur bringt ja sowieso nichts!" Das sind die Schlagworte, die sich jemand anhören darf, der sich zum ersten Mal in seinem Leben in eine Kur begibt. Ich wurde eines anderen belehrt und habe festgestellt, ein paar Wochen Auszeit tun richtig gut und von Langeweile ist überhaupt keine Spur.

*

Gerade war ich angekommen,
von meiner Fahrt noch ganz benommen.
Gleich beim Empfang mich angemeldet
und SMS nach Haus gesendet.
Im Gefühl etwas frustriert
ich doch nicht wusste was passiert,
dazu im Magen Rebellion
weil nichts gegessen seit Frühstück schon.

Auf der Station dann angekommen
wurde ich sogleich vernommen,
doch schien auf meiner Stirn zu lesen:
Hab schon seit früh nichts mehr gegessen.
Den Speisesaal noch nicht gesehen,
um mich war's beinahe geschehen.
Jetzt nicht denken, ich esse stündlich
nur bin ich gewohnt zu Mittag pünktlich.
Das Fräulein hat das wohl gefühlt,
denn bevor sie mich im Detail durchwühlt
mich schnell zum Speisesaal hin schickte,
wo ich die letzte Nudel gerade noch kriegte.

So ging es mir dann wieder gut,
ich fühlte mächtig Leistungsschub.
Nun ließ ich mich auch gern vernehmen
auf der Station beim Kennenlernen.

Aller Unmut war verflogen,
auch das Zimmer schnell bezogen,

die Hausordnung schnell überflogen
genau studiert, wäre glatt verlogen.

Der Therapie Plan, diese Wunder Tüte
rief nämlich schon zur Arzt Visite.
Der hat mich dann genau studiert,
weil er es war, der mich kuriert.
Prüft Reflexe, horcht in mich rein
es könnte was Verstecktes sein.
Wer mich nun kennt der würde sagen:
„Wie kann dieser Mensch es wagen?"
Verschreibt mir viel und noch mehr Sport
an frischer Luft an diesem Ort.
Wobei am Berg hier ist die Luft
doch viel zu dünn, Mensch! Dieser Schuft.
Doch hab begonnen dieses Spiel
will ich erreichen auch das Ziel.

Vorbei Visite und alsdann
stand ein Rundgang im Programm.

Ein Therapeut, sich vorgestellt,

erklärte uns gleich die Klinik Welt.

Wir Neuen trafen uns zu später Stunde

noch zur kleinen Kennenlern-Runde.

Wir stellen uns vor mit unseren Namen

im kleinen und intimen Rahmen.

Wobei intim nicht ganz richtig ist

aber was ich meine ihr sicher wisst.

Benimm Regeln und was noch dazugehört

wurde uns freundlich und sachlich erklärt.

Auch was es sonst noch gab am Ort

erzähl ich hier mit kurzem Wort.

Es gab Dart und Tennis und Billard Tisch,

ein Schwimmbad um zu fühlen sich

wie ein Fisch.

Ein Dark- Room in dem der TV steht

von wo aus entlang er zur Tee Küche geht.

Auch Waschmaschine und Trockenautomat,

eben alles was man auch zu Hause hat.

Während draußen glüht noch Abendrot
roch´s drinnen schon nach Abendbrot.
Der Rundgang hier zu Ende war
und alle fanden es wunderbar.
Herzlich wurden wir aufgenommen,
ich fühlte, ich war angekommen.

Lange war die erste Nacht,
ich fühlte, als hätte ich durchgemacht.
Obwohl die Matratze, die war gut
doch hatte aufs Kissen ich eine Wut.
Gefüllt mit Zement muss es wohl sein,
was mich hinderte am Schlafen ein.
So wälzte ich mich die ganze Nacht,
das blöde Ding mich fast umgebracht.
Gestern Abend noch frohgemut
ging's meinem Nacken heut gar nicht gut.

Dann heute Morgen, oh welche Wonne,
saß ich schreibend in der wärmenden Sonne.

„Die hat mich wieder hingerichtet",
ich auf die Schnelle hingedichtet.
Ach du Schande, welch Verdruss,
schreib: „hingerichtet" - so ein Stuss.
Noch hatte ich 5 Minuten hier,
war halb vertrocknet, wünschte ein Bier,
im Gesicht, ich wurde ganz bleich
muss zum EKG und zwar sogleich.

So kam ich bei der Ärztin an,
war auch gleich als nächster dran.
Sie machte mich nackig wie ein Fisch
und legte mich flach auf ihren Tisch.
(10 min. später)
Und wieder mal war es geschehen,
geliebtes Brusthaar auf Wiedersehen.
Vorbei der Traum vom Waschbär Bauch.
Ok, so ein Six-Pack der tut es auch.
Doch ist es viel zu weit dahin,
ich bleibe lieber wie ich bin.

Um 16:00 Uhr war Wanderung,
ich wusste, da komm ich nicht drum rum.
Hinterher hatte ich gemerkt,
etwas Bewegung ist nicht verkehrt.
Schön war's gewesen, hat gutgetan,
ich glaub das pack ich noch einmal an.
War auch im Rahmen mit ´ner Stunde
durch den Wald die kleine Runde.

Kein Problem mit Schweinehund,

ich glaub, ich werde hier noch gesund.

So neigt sich wieder mal der Tag

und nun als Abend kommen mag.

Eine Begrüßung steht im Programm,

von der ich morgen berichten kann.

Bis in die Nacht sind wir gesessen,

es gab Nüsse und auch Keks zu essen.

Jeder stellte sich vor mit Namen,

die Männer ebenso wie die Damen.

Woher man kommt und was man macht,

und dabei wurde viel gelacht.

Weil Lachen ist ja so gesund,

kommt es von Herzen aus dem Mund.

Die erste Scheu war überwunden

und so vergingen schnell die Stunden.

Pünktlich um Zehn wurde Schluss gemacht

sonst säßen wir noch bis nach Mitternacht.

Zähne putzen, Bart noch stutzen, ab ins Bett,
Tag Nummer zwei war richtig nett.
Nun schreibe ich heute schon Tag drei
und mit der Ruhe wars vorbei.
Gleich nach dem Frühstück um halb acht,
das ist kurz nach Mitternacht,
traf man sich zum ersten Laufen.
Ich dachte an Markt und Gemüse kaufen.

Das war wohl falsch, habe es gleich kapiert,
es wird heut in den Wald marschiert.
ich machte böse Mine zum guten Spiel,
denn fit zu werden war mein Ziel.
Weil auf dem Plan heut Walking stand,
sind alle pünktlich losgerannt.
Auch ich hatte daran teilgenommen
und bin im Rudel mit geschwommen.
Nach einer Stunde, der Schreck war groß,
wo ist denn nur mein Therapie Plan bloß?

Beim Abmarsch noch in der Jacke steckte,

ich ihn jetzt nirgendwo entdeckte.

So durfte ich bergab, bergauf

zurück nochmal im Dauerlauf.

Eine extra Portion Gesundheit kaufen

tat ich zu Beginn mir so schwer erlaufen.

War völlig platt und dehydriert,

den Sinn des Laufens aber schnell kapiert.

Jacobsen verspricht Entspannung pur

stellt sich für mich die Frage nur:

„Was macht man da in diesem Kreis?"

Ich bin dabei um jeden Preis

weil: hier wird man nicht wie sonst gequält,

nein, mit ruhiger Stimme wird erzählt.

Konzentration lenkt man nach drinnen,

fühlt die Muskeln mal von innen.

Ich hatte da wohl zu viel gemacht

und nicht weiter drüber nachgedacht.

Ich hatte geistig in mir viel entdeckt!
Bis der Nachbar mich geweckt.

An Stelle von Liebe, Leben, Vino,
gab es am Mittag großes Kino.
Soziale Themen waren angesagt,
ich glaub' nicht bei allen war das so gefragt.
Trotzdem machte ich dort mit,
es war tatsächlich nicht der große Hit.
Trotzdem, man nimmt Information,
wenn es sie gratis gibt dann schon.

Tag vier hat heute gut begonnen,
Gedanken von gestern schon längst zerronnen.
Beim Frühstück saßen alle da,
der Willi, Franz und auch Barbara.
Man sah es nicht in den Gesichtern
was sie verbargen an Geschichten.
Doch waren sie scheinbar alle fröhlich,
„Bin es nur ich, der hier so töricht

dem innerlich etwas zerbrochen

und dabei den Braten nicht gerochen?

Der fünf vor Zwölf erst mitbekommen

wie aus dem Leben Stücke entnommen!

Wie ein Karussell das sich dreht und dreht

und unseren Kreislauf so bewegt."

Mein Wunsch war hier etwas zu finden,

diesen Kreislauf zu unterbinden.

Stundeweise Therapie,

so etwas kannte ich bis Dato nie.

Vorher haben wir noch gelacht,

nicht weiter drüber nachgedacht

und schon sitzen wir im illustren Kreise,

begeben uns gemeinsam auf Seelen Reise.

Was Innen schmerzt wird raus gekehrt

und gemeinsam aufgeklärt.

Tränen fließen noch und nöcher

und reißen in uns tiefe Löcher.

Auch ich dagegen war nicht gefeit,

vertraute jedoch dem Therapeut´,

der mich vor allen bloßgestellt,

in meiner gar nicht heilen Welt.

Auf dem Programm, da stand ein Vortrag,

der ähnlich war wie der am Vortag

Die Neuen die dazu gekommen

wurden auch gleich mitgenommen.

Als hätte den Braten ich gerochen,

der Chef hatte heute persönlich gesprochen

und fand es völlig klar,

dass wir alle waren vollzählig da.

Erklärt wurde uns was hier so läuft,

dass niemand auch heimlich Bierchen säuft.

Auch Rauchen ist hier fehl am Platz

wer erwischt wird, der fliegt ratzfatz.

So wenig spannend wie die Bibel

zitiert er aus der Klinik Fibel.

Pünktlich dann wie jeden Tag
es unser Mittagessen gab.
Und ohne Gnade froh und heiter,
ging's in der Folter Kammer weiter.
Geräte wurden uns erklärt,
zum Beispiel wie man Fahrrad fährt.
Wie auf dem Ding man richtig sitzt,
und durch alle Poren schwitzt.

Am Abend hab ich's dann probiert,
und hab alleine dort trainiert.
Beim Abendmahl zu viel gegessen,
zu schnell aufs Fahrrad drauf gesessen,
musst mich entschuldigen kreideweiß.
Denn wie ein jeder von uns weiß,
gibt jedes noch so kleine Böhnchen
ein herrlich rundes, sattes Tönchen.
Drum liebe Leute tut's registrieren
das könnte jedem so passieren.

Fast wie ein Leben in Saus und Braus,
so sah die Klinik Welt für mich aus.
Des morgens früh wird aufgewacht,
nicht weiter drüber nachgedacht
schon steht das Frühstück angerichtet.
Toll, wie sich das heute dichtet.
Da mache ich doch froh und heiter
mit dem Schreiben einfach weiter.
Vielleicht wird daraus mal ein Buch?
Also mach ich den Versuch.

Beim Frühstück waren wir stehen geblieben,
ich sage jetzt nicht übertrieben.
Brot, Wurst, Käse, ach wie prächtig
danach geht's walken, ja das rächt sich.

Wärme hieß die Therapie,
die ich kannte vorher nie.
Zum Physio-Raum ich lief hinüber,
vom Speisesaal schräg gegenüber

Ein Mann mit Handtuch wartet schon,
„Was kommt denn jetzt, Hallo, pardon?"
Er führt mich hin zu einem Raum,
was auf mich wartet glaubt man kaum.
Hinter dem Vorhang abgedunkelt,
ich höre schon: es wird gemunkelt!
Da steht doch in der kleinen Kammer
für mich ein Schaumbad, es ist der Hammer.

Also mach ich schnell mich nackig,
ab ins Wasser, husch, husch und zackig

Ich schließ die Augen, oh wie fein,
jetzt fehlt nur noch ein Gläschen Wein.
Fast tut's den Verstand mir rauben,
kann das immer noch nicht glauben
ich fühl mich wie 1001e Nacht.
Hab auch nicht weiter nachgedacht
denn ich bin doch immerhin
hier in einer Klinik drin.
Doch realisierte ich sogleich,
meine Gedanken wurden weich
und schweiften ab mit aller Macht
vom Alltag der mich hergebracht.

Wochenende steht vor der Tür,
die Frage nur: Was macht man hier?
Mach ich Sport? – Nee, Sport ist Mord
oder geh ich etwa Essen?

Das kannst du heute auch vergessen.

Obwohl es gibt das Allerbeste

von der ganzen Woche Reste.

Zum Eintopf alles aufgebrüht,

der Koch sich wahrlich reingekniet!

Dann nach dem Essen, kurz nach Mittag

ging's mit dem Bus hinab nach Lörrach.

Ausgestiegen in der Stadt

schaute ich mich um, was es so hat.

Wurde fündig hinterm ersten Türchen

wo wartete schon ein kühles Bierchen.

Von dem wurde ich auch nicht besoffen,

bin noch drei Stunden rumgeloffen[7]

durch das Gedränge auf den Straßen,

nicht viel ruhiger in Seiten Gassen.

Mir wurde richtig Angst und Bang:

„Ist morgen schon etwa Weltuntergang?"

---

[7] Dialekt: umher- oder herumgelaufen

Froh war ich zurück am Bus,
adieu du Hektik, Ende Schluss.

Der Sonntag heut war ganz okay
und ging so auch recht schnell vorbei.
Essen, Essen nochmal Essen,
hab darüber völlig den Sport vergessen.
Ein Schwätzchen da, ein Schwätzchen hier
und schwuppdiwupp war schon halb Vier.

Kaum war Sonntag in Vergessenheit
stand auch schon Montag startbereit.
Schon sehr früh zum Wiegen
ging's kurz nach Mitternacht um 7.
Ob Vollkost oder reduziert,
mein Bäuchlein hat's noch nicht kapiert.
Es blieb mit treu und kugelrund,
Hauptsache aber: Ich bin gesund.
So motiviert machte ich als dann,
ans Frühstück Buffet mich heran.

Danach, man tut ja was man kann,

stand „Nordic Walking" im Programm.

Das gibt´s im Laden nicht zu kaufen,

und ist so was wie Rudel Laufen.

Man trifft sich frisch, wie wunderbar,

im Jogging Dress in großer Schar.

Ich lauf da gerne hinter her,

weil ich finde sieht man mehr.

Und alle die eilig waren voraus

müssen warten auf den lahmen Klaus.

Denn *Walking* heißt bei mir nicht Sprint,

„Mensch - das weiß doch jedes Kind."

In der Klinik angekommen,

von frischer Luft noch ganz benommen

merk ich, wie ich mächtig schwitze,

es tropft nur so aus jeder Ritze.

Die Luft ist aus mir komplett raus,

so musste ich auf die Waage rauf.

Bin so um einiges erleichtert,
ob's um ein Kilogramm gereicht hat?

Als hätte ich noch nicht genug getan,
stand Gymnastik im Therapieplan.
Es hat mir sehr viel Spaß gemacht,
das hätte ich von mir so nie gedacht.
Hab gemerkt bin noch sehr steif,
zur Fitness Queen noch lang nicht reif.
Bin rumgehopst im schnellen Rhythmus
wo jeder von uns einfach mit muss.
Erst hoch das Bein, die Arme noch,
im T-Shirt unterm Arm ein Loch.
Das habe ich dann gleich bemerkt
jedoch war es schon viel zu spät.
So konnte es ein jeder sehen,
was soll's, es war ja schon geschehen.

Als hätte den Braten ich gerochen,
wurde mittags dieser Tag gebrochen.

Vom Hirsch das Gulasch war sehr fein,

ich schob auch eine Menge in mich rein

und zur Reduzierung meiner Massen,

hab´ ich den Salat dann weggelassen.

Danach ging es zur Therapie,

dort ging's zur Sache wie noch nie.

Psychologie die Stunde hieß,

die ich als bald dann auch verließ,

Im Nachhinein ich kann´s nicht glauben,

mit dicken Tränen in den Augen.

Ein fetter Kloss im Halse steckt´,

den ich zuvor hat´ nicht entdeckt.

Was dort besprochen in der Runde,

nichts davon dringt aus meinem Munde.

Im Anschluss an der Kaffeebar

gab es Espresso wunderbar.

Der hatte mich wieder aufgestellt.

Wie schön ist doch der Klinik Welt.

Schon wieder Sport, ich glaub es kaum,

gibt's heute im Gymnastik Raum.

Wie nach Jerusalem die Reise

so standen wir im großen Kreise.

Weit und lange wir uns streckten,

so neue Muskeln wir entdeckten.

Auch Bodenturnen war gefragt,

es dafür extra Matten gab

auf die wir uns dann legten

und auf Kommando losbewegten

als ein lauter Furz ertönte

und durch die stille Halle dröhnte.

Wenn Muskeln spannen kannst

nichts machen,

das gibt für andre was zu lachen.

MTT[8], auch Folter Kammer

entlockt manch einem großen Jammer.

---

[8] Medizinische Trainingstherapie

Schweres Schnaufen und auch pusten
wo Marlboro sorgt für den Husten.
Man hebt Gewichte, senkt sie nieder
auf und ab und immer wieder.
Man tut schwitzen, riechen, stinken,
dazwischen viel, viel Wasser trinken.
Der Coach sagt: "Davon wirst du fit"
nur kriegt´ ich davon nicht viel mit.
Hab das Gefühl ich werde gequält
und das dem Trainer noch gefällt.
Doch bin ich nun erst einmal hier,
verzichte auf Whisky, Wein und Bier.
Noch einmal will die Kurve kriegen
das geht nun einmal nicht im Liegen.
Das sehe ich auch wirklich ein,
vertreib sofort mein inneres Schwein.

Einmal auf und einmal nieder,
spiegelt sich mein Leben wieder

an diesem wundersamen Ort

wo tief wird in mich rein gebohrt

in meine Seele und mein Herz,

wo sitzt ein unbekannter Schmerz.

Einmal hoch und einmal tief

doch irgendwas läuft hier noch schief.

Ein Gefühl mir unbekannt

was mich innerlich entmannt.

Will doch die starke Schulter sein

für Frau und Kind und Enkel klein!

Wie schwach die Schulter ist geworden,

anstelle Kraft macht sie mir Sorgen.

Wie kann DIE denn noch Stütze sein,

fällt sie von innen völlig ein?

Bin nun mal in der Klinik hier

und such die Ruhe tief in mir.

Kann Gedanken kreisen lassen,

versuche es ins Wort zu fassen

was mich brachte bis hier hin.
an den Ort wo ich nun bin.

Tief in mir drinnen eingebrochen
verbringe ich schon ein paar Wochen.
Noch fehlt mir eine Übersicht
um zu beenden die Geschicht'.
Hoffnungsschimmer auch genannt
aus der Welt in die ich rannt'
mit Vollgas durch das Arbeitsleben,
hatte dafür alles aufgegeben.
Bade Wetter „oh wie schön",
ich nur noch auf Papier geseh'n.
Immer vorwärts, Augen zu
ohne Rast und ohne Ruh,
weil ruhen bringt kein Geld.
Wie traurig doch ist diese Welt.

Vierzehn Tage Sonnenschein
und von zu Hause weg allein.

Erhoff´ mir neuen Schub nach vorn
in die triste Alltagsnorm.
Auszubrechen aus dem Leben
was uns von oben vorgegeben.
Zieh' ich für mich das Beste raus
zu kommen wieder fit nach Haus.
Geh ich auch nicht mehr auf die Pirsch,
weil ich derweil ein alter Hirsch.
Will keine großen Sprünge machen.
Stattdessen aber wieder lachen.

Heute war ein besonderer Tag,
ein Ausflug führte mich zur Stadt.
Der Klinik Bus, der fuhr uns fort
nach Freiburg, so heißt dieser Ort.
Der Regen Gott nicht gut gesonnen,
füllte heut die Regen Tonnen.
Was mach ich nur an so 'nem Tage,
stellte ich mir grad die Frage?

Auf Schuster's Rappen macht kein Spaß,
dafür ist es viel zu nass.
Soll ich mir die Stadt erlaufen
und dabei vielleicht ersaufen?
Ich sammle mich und gehe in mich
und schaue erstmal nach: „Wo bin ich?"

Aha, hier war ich schon einmal,
dort vorn ist das Café Journal.
Sogleich setzt´ ich mich dort hinein,
ließ draußen Regen „Regen" sein.

Gut besucht, ganz schön was los,
das finde ich ja grandios.
Weil Menschen ich beobachte gern
in meiner Nähe und auch von fern.
Bestellte Espresso mir so dann
und einen Whisky! Bin ja Mann.
Las nebenbei das Blatt vom Tage,
möchte mich ja bilden, keine Frage
und während ich so las die Zeitung
war die Zeit recht schnelle um.

Wäre es nicht so, ich müsste lügen,

ich genoss in vollen Zügen.

So saß ich eine Weile hier,

bracht´ neue Zeilen zu Papier.

Wie schön könnt doch das Leben sein,

nur: der Klinik Bus fährt heim.

Dem habe ich mich hingegeben,

für die Arbeit an meinem Leben.

Doch der Ausflug tat mir gut,

ich spür direkt den neuen Mut.

So sitze ich in diesem Bus,
beschließ' den Tag noch mit Genuss.
Draußen sinkt die Sonne nieder
Freiburg warte, ich komm wieder.

Zwei Mal die Woche Kunst Therapie,
von so was hört ich zuvor noch nie.
Ob Pinsel, Knete oder Stein,
ich frag mich: „Für was soll das sein?"
Nehme ich Ton in meine Finger
werden schmutzig diese Dinger.
Steine sind mir viel zu schwer
also lass ich's bitte sehr.
Und falten von Papier
liegt auch nicht wirklich mir.

Entschieden habe ich mich für Malen.
Vielleicht gehe ich ein in die Annalen
der großen Künstler Kreise
die längst im Jenseits sind auf Reise.

Zig Blatt Papier hab´ ich verbraucht

bevor mir hat mein Kopf geraucht.

Heraus gekommen ist also ein Bild

mit vielen Strichen so richtig wild.

Hab mich gefühlt wie einst Picasso,

auch der lebt heut schon anderswo.

Ich habe nur einmal lebenslänglich,

ein Bild jedoch bleibt unvergänglich.

Auf einmal sehe ich den Sinn,

im Bild bleibt meine Seele drin.

Heute war ein schöner Tag,

an den noch lang ich denken mag.

Zu meiner Freude, oh wie schön,

konnt' meine Frau ich wiederseh´n.

Zu Besuch war sie gekommen,

ich war vor Freude wie benommen.

Wie betrunken ich mich fühlte,

als dieses Glück tief in mir wühlte -

wo vorher noch Leere war,

egal ich fühlt' mich wunderbar.

Ein Stück zu Hause in der Ferne,

sag mir wer hat das nicht gerne?

So sind wir sonntags Hand in Hand

durch den schwarzen Wald gerannt.

Denn Laufen hat mir der Arzt verschrieben

sonst hätten wir eben was anderes getrieben.

Ich weiß schon was jetzt alle denken,

doch hüte ich mich dies zu lenken,

derweil es ist mir einerlei.

Gedanken sind nun einmal frei.

Noch ist der Speisesaal geschlossen,

kommt der Günter angeschossen.

Es ist ihm sichtlich an zu sehen

kann Essen er nicht widerstehen.

Obwohl noch Reste in ihm drin

rollt er zuerst ans Buffet hin.

Kommt völlig außer Rand und Band,

füllt sich den Teller bis zum Rand.

Hinterm Tresen wie bei Mutter,

wird verteilt für uns das Futter.

Der Koch in weiß gekleidet schick,

vom Probieren etwas dick.

Fleisch, Gemüse allerlei,

für jeden ist etwas dabei.

Einsam steht die Suppe da,

obwohl sie wäre für alle da.

Zum Frühstück Honig, frische Butter

und Marmelade mit viel Zucker.

Es gibt eine lange Kaffee Bar,

auch Tee und Milch - ist alles da.

Gedämpftes Murmeln, mit dem Kopf nicken,

während andre schon morgens

Socken stricken.

Die einen hechten nach Salat,

der andre keine Suppe mag.

Mein Nachbar dort am andern Tisch

Zum Beispiel isst nicht toten Fisch.

"Will Fleisch auf meinem Teller,

da wachsen Muskeln schneller"

so sagt der Erwin neben an.

Dabei ist gar nichts Wahres dran.

Für Karl der Kaffee heut´ zu stark,

obwohl er sonst den Kaffee mag.

Für Eva ist er viel zu dünn,

"Wo ist denn nur die Bohne hin?"

Sagt sie lächelnd neben her,

bestellt sich gleich noch einen mehr.

Spitz bemerkt Frau Wald:

"Ich glaub der Koch, der ist verknallt,

weil zu viel ist Salz ist in der Suppe".

Da stimme ich ihr zu, der Puppe,

weil von Figur ist sie sehr schmächtig.

Dafür umso mehr gesprächig!

Frau Müller Piependings, die Dame,

beim Sport ist sonst die Oberlahme

ist heute die Erste beim Dessert.

Bei Pudding ist sie nie zu spät.

Spätestens dann an Montagmorgen,

plagen mich die ersten Sorgen.

Denn das, was ich vom Buffet mag,

hat keinen Platz mehr auf der Waag'.

Samstag war ein schöner Tag,

in Stauffen[9] war ein Weihnachtsmarkt.

Weil frühlingshaft die Sonne schien,

dacht´ ich mir: "Da fahr ich hin.

Dort soll Nikolaus heut kommen

zu Menschen die sich gut benommen

haben; wie auch ich in diesem Jahr.

Auch Kinder fanden ´s wunderbar.

Hab lang nach Parkplatz erst gesucht

den ich zuvor hatte nicht gebucht

Das hätte ich besser gleichgemacht

---

[9] Hübscher kleiner Ort im Markgräflerland

weil irgendwann wird ja mal Nacht
und die Klinik, die schließt zu.
Auch kranke Schwestern wollen mal Ruh.
Zu guter Letzt, ich wurde fündig,
parkt mein Auto kurz und bündig,
und kam schnell zu diesem Schluss:
Ne halbe Stunde braucht's zu Fuß.
Bin dann endlich dort am Ziel,
mitten im Weihnachtsmarkt Gewühl.

So steh ich drin in diesen Massen,
Menschen, Hund und Suppen Tassen,
Glühwein, Punsch und Krempel Kunst,
von der ich habe keinen Dunst.
So ließ ich mich durchs Städtchen schieben
wo wilde Fremde sich an mir rieben.
In der Nase viele Düfte,
die so schwebten durch die Lüfte.
Bratwurst, Punsch und Marzipan,
ich gebe zu, die machten an.

Das Wasser lief in meinem Munde

zusammen über eine Stunde.

Wie gern hätte ich 'ne Wurst gegessen,

hätte ich nicht mein Geld vergessen,

dies in der Klinik lag verschlossen.

Dieses Tor ich selbst verschossen!

Im Fachjargon ein Eigentor,

das kommt zum Glück recht selten vor.

Das Ende naht, ich spür' es genau,

doch sind die Tage noch sehr grau.

Es ist wie Nebel vor der Tür

Trotzdem scheint die Sonne über mir.

Die lässt ihr warmes Licht mich spüren,

versucht auch mich zu reanimieren.

Doch weiß ich sicher und genau,

nicht immer ist der Himmel blau.

In einer Kur ist lang die Nacht,

länger als ich je gedacht.

Früh muss man zu Bette geh'n,

darf erst um sieben aufersteh´n

Das kann ja noch heiter werden,

komm ich zurück ins wahre Leben

wenn es abends heißt um zehn:

"Um Fünf Uhr auf der Matte steh'n

und halten bis zum Abend durch."

Stets froh gelaunt und ohne Fluch.

Immer brav und treu ergeben,

so schreibt es vor das Arbeitsleben.

So geht es weiter, Jahr ein, Jahr aus

bis eines Tages der Ofen aus.

Nur Asche bleibt auf dem Schafott

übrig von dir! Vollidiot.

Doch HALT ich bin noch nicht am Ende,

hab angenommen diese Hände

die sich mir entgegen reckten

und aus der Kliniktür sich streckten.

Bereit sie an der Hand zu fassen

mein altes Leben dafür lassen.

Mit Zuversicht und ohne Zorn
Hab´ ich gelernt zu schau´n nach vorn.

Zu Hause wieder angekommen
War alles noch etwas verschwommen.
Vermiss die Freunde, die gewonnen
so schnell wie sie sind angekommen
in die heile Klinik Welt,
und sie mir dort die Nacht erhellt.
Zusammen haben wir geweint, gelacht,
viel übers Leben nachgedacht.
Graue Tage sind passé,
zu diesen sagen wir „Adieu".
Nur Tage für uns wunderschön,
die wollen wir in Zukunft seh´n.
So hab begonnen ich zu lesen,
über „Was" mit mir gewesen.
Gute Bücher, meist in Englisch,
und andere mit viel Fachchinesisch.

Das, was ich suchte, fand ich nicht,
einfach verständlich, und ganz schlicht.
Und so beschloss ich, schreib ein Buch
und wage somit den Versuch,
neue Wege zu beschreiten
die in Zukunft mich begleiten.

Inzwischen schreibe ich sehr viel,
Bücher zu schreiben ist nun mein Ziel.
Hab nicht mehr lange nachgedacht,
das krieg ich hin, wäre doch gelacht.
Erst schrieb ich 1, dann 2, dann 3
an Nummer 4 schon lange vorbei.
Ich habe bemerkt, das macht mir Spaß,
und gebe jetzt so richtig Gas.
Beruflich ich mich umorientiert,
wird jeder Tag neu organisiert.

Vorhersehbar war das so nie.

Die Folgen (m)einer Therapie.

Willst du im Leben was erreichen,

so deute auch die kleinsten Zeichen,

die von wo anders dir gegeben,

dich so begleiten durch dein Leben.

Frohe Weihnacht

Alle Jahre wieder steht Weihnachten vor der Tür. Das Fest der Liebe und die Zeit für Besinnung, wie es auch gerne genannt wird. Handwerkskunst wird angeboten, hausgemacht und teilweise auf höchstem Niveau. Wer nur um Himmels Willen braucht so viele von handgezogene Kerzen, Seife und Silberschmuck? Oder sonstige Dekorationsgegenstände, welche im neuen Jahr langsam in der Wohnung verstauben. Also ganz ehrlich! Aber - ich darf auch feststellen, besonders schön ist die Atmosphäre eines solchen Christkindlesmarkt, wenn es schneit und alles rundherum weiß ist. Wenn, denn der Schnee wird auch jedes Jahr seltener, zumindest in der Region, in der ich zu Hause bin. Vor 50 Jahren war das noch anders, schon im November wurde der Schlitten ausgepackt, mit dem wir bis März noch zur Schule fuhren. Früher war alles besser. Egal. Zurück zum Thema. Mir gefällt der Einfallsreichtum der Gestaltung eines Marktplatzes in den Städten. Jeder Verkaufsstand kommt jedes Jahr an den selben Platz. Damit niemand lange nach Glühwein suchen muss, das erscheint mir logisch. Nur, ich persönlich finde das langweilig, weil ich keinen Glühwein mag. Auch keinen Punch, nicht mal den für Kinder. Ok, ein Bier könnte ich auch bekommen, aber passt das zu einem Christkindlesmarkt? Anscheinend schon, denn dort wo es was zu futtern gibt, mit dem passenden Getränk dazu, dort ist immer was los. Fressstände und Tränke, das läuft immer, ja das brummt. Jedoch bei Oma Meier, mit ihren liebevoll, mühsam selbstgestrickten Socken und Mützen herrscht vor ihrem Verkaufsstand gähnende Leere. Dabei hat sie sich so viel Mühe gegeben und das ganze Jahr über mit ihren Stricknadeln geklappert. Das gibt mir so kurz vor Jahresende doch etwas zu denken, am Fest der Liebe in der Zeit der Besinnung.

*

Weihnachtszeit am Bodensee
wo alles wartet auf den Schnee.
Der sollte kommen vom Himmel hoch
doch dort gähnt nur ein graues Loch.
Von Zeit zu Zeit ein Tropfen fällt
hinein in unsere Winterzeit.
Früher noch wie wunderschön
gab es den Schneemann noch zu seh´n
mit einer Karotte im Gesicht
und Eierkohle als Augenlicht.
Die standen meist zu Haus im Garten.
Heute kannst da lang drauf warten.

Gestern auf dem Weihnachtsmarkt
bekam ich fast einen Herzinfarkt.
Fuhr mit dem Auto in die Stadt
die Parkplätze viel zu wenig hat.
So musste ich beim langen Suchen
schon heimlich still und leise fluchen.

„Himmel, Herrgott und noch mehr
wo krieg ich nur einen Parkplatz her?",
so flehte ich zum Himmel hin.
Eine Stunde später fand ich ihn.
Schnell schickt´ ich hoch ein Dankgebet,
ich dachte mir, es ist nicht verkehrt.

So ging ich denn zum Marktplatz hin
der mitten in der Stadt lag drin.
Unterwegs der Leute waren viele
und alle mit demselben Ziele.
Zu genießen die herrlich „Stille Nacht"
inmitten des Weihnachtsmarktes Pracht.
Doch so einfach ging das nicht
wie euch zeiget dies Gedicht.

Die Gassen also wurden voller,
und das Gedränge immer doller
„Wen sehe ich da - den Nikolaus?",
zumindest sah der Mann so aus
mit seinem Zipfelmützenhut.
Obwohl ganz ehrlich, er stand ihm gut.

Doch stopp, ich dachte es gibt nur einen
echten Nikolaus und sonst keinen?
Nun sah ich viele Zipfelmützen
auf der Menschen Köpfe sitzen.
Wie kann ich sehen, welcher richtig,
ich muss das wissen, es ist wichtig!
Denn nur den echten Nikolaus
lasse ich zu meiner Frau nach Haus!

Keine Ahnung, was soll ich kaufen,
schon eine Stunde war ich gelaufen.
Dort am Stand da gab es Kerzen,
von Hand gezogen in Form von Herzen.
Meine Frau sagt: „Kuck mal, kuck -
ist der nicht süß der Silberschmuck?
Und die Engel, sind die niedlich,
sie schauen ja so süß und friedlich!"
Das alles ist nur Nervensache,
Weihnacht, ein Fest der Ruhe? Das ich
nicht lache!
Wer will vermeiden Herzinfarkt,
geht lieber nicht zum Weihnachtsmarkt.

Ich stand kurz vor so einem Koller,
während der Markt wurde voll und voller!
Menschenmassen schoben sich
vom Glühweinstand im Kerzenlicht
bis hin zur Bratwurst rot und fett.
Daneben krähten im Duett
zwei Frauen von der Heilsarmee
grausam: „Oh du fröhliche".

Knecht Ruprecht sichtlich angetrunken
von weitem mir schon zugewunken.
Erzählte mir von Glühwein fein
den er sich schüttete eben rein
„Der Wein von dort, das ist der Beste!"
Ich roch es schon an seiner Weste.
Zeigt mit dem Finger auf ein Haus
von dort drei Engel kamen raus.
Dicht vermummt mit Schals, ganz tolle
vom regionalen Schaf die Wolle.
Ein Mütterlein geht auf sie zu
denn eines ließ sie nicht in Ruh.

„Gestatten: Müller, Vorname Clio
meine Frage, ist die Wolle auch Bio?"

Verkäufer lockten mit allerlei,
was man nicht braucht, war auch dabei!
So ließ ich meine Augen wandern,
blickte von einem hin zum andern.
Zwischen dekorierten Hütten
in welchen man anpries Mandeltüten
und auch sonst noch Leckereien.
Dazwischen ein paar Kinder schreien
die nicht bekommen was sie wollen
von dem Angebot, dem tollen!
Was ausgestellt in dieser Nacht
und den Weihnachtsmarkt ausmacht.
Doch ist das meiste schon bekannt
vom letzten Jahr am gleichen Stand

Bunte Lichtlein residierten,
am Weihnachtsbaum dort dominierten
kann dazu sagen, es ist kein Scherz,
so blinkend kriegte ich Augenschmerz.

Trug von da an Sonnenbrille
zur Weihnachtszeit, die Zeit der Stille.

Trompeten tröten durch die Nacht,
die als stille Nacht gedacht,
übern Marktplatz oft schräg und laut
so, dass mein Magen nicht verdaut
die Bratwurst. Die gerad' noch eben
auf dem heißen Grill gelegen.

Ich kann nicht sagen: Wunderbar
denn diese Wurst - war noch nicht gar.

Man kauft halt eine, weil es alle tun,
und läuft weiter mit im Rudel rum.
Von einem Stand bis hin zum andern,
wo ganze Völker weihnachtswandern.
Mützen, Dekor und bunte Kerzen,
darüber hörte man Leute scherzen,
lagen auf Tischen weit verstreut
was nicht nur Opa und Oma freut.
Tannenzweige vegan gepflückt
es auch junge Leut´ verzückt
denn das ist heute groß im Trend!
Habe ich da wohl was verpennt?

Ho, ho, ho rief es aus der Ecke
dort hinten an der Tannenhecke.
Die extra wurde aufgebaut
damit es weihnachtlich ausschaut.
Sah man genau hin, waren es Bäume
zur Erfüllung der Kinder Träume.

Die standen nun mit großen Augen
vor dem Baum, im tiefen Glauben
an den „echten Weihnachtsmann",
der schwer bepackt und ziemlich lahm
von Zalando kommet her.
„Den" zu finden auch bei Google schwer.

Ich hörte eine Stimme die laut und klar
las eine Geschichte. Die passte wunderbar
zur Weihnachtszeit an diesem Ort.
Ich hörte zu in einem fort
und wäre gerne noch geblieben.
Doch ich wurde fortgetrieben.
Ein dringendes Bedürfnis plagte mich,
schon leichenblass war mein Gesicht.
Den Glühwein ich zuvor genossen,
hätte ich besser weggegossen.
Es gab ihn nur als volle Maaß,
Leute da vergeht der Spaß.
Weihnachtszeit, Zeit der Besinnung
Bleibt mir noch lange in Erinnerung.

Entlarvter Nikolaus

Jedes Jahr das gleiche Spiel. Während die Kleinsten noch an den Weihnachtsmann glauben sind die Großen damit beschäftigt, diesen zu spielen und ihn immer unglaubwürdiger werden zu lassen. Oft ist das aber nur der Nachbar, mit wehender Fahne voraus geht er als Nikolaus von Haus zu Haus.

*

Draus vom Walde kommt er her,
geschenkbeladen ziemlich schwer.
Macht gute Miene zum bösen Spiel,
das letzte Schnäpschen, es war zu viel.
Der Nikolaus, er kann nicht mehr!

Unterm dem Baum die Kinder flennen,
während weiter oben die Lichter brennen.
Der Opa meint es sicher gut
und zieht den Nikolaus am Hut.
So lernen Kinder den echten kennen.

Folgende Bücher sind ebenfalls in allen gängigen Formaten erschienen. Erhältlich im Internet, in Ihrer Buchhandlung oder am besten gleich direkt beim Verlag tredition GmbH, Hamburg unter:

www.tredition.de

Ab wann ist „Kunst" eigentlich Kunst? Es scheint, allein das herauszufinden, ist schon eine Kunst an sich. Ist Kunst nur etwas, was dem Auge gefällt? Warum ist etwas provokantes Kunst? Wieso können einfaches Gekritzel oder Farbkleckse auf Papier schon Kunst sein, während ein perfektes Landschaftsbild, welches im ersten Moment eher wie ein Foto aussieht, von Fachleuten als Kitsch abgestempelt wird? Wo geht Kunst los und wo fängt Müll an? Eine erschöpfende Antwort darauf zu finden, scheint mir unmöglich und wird auch in diesem nicht ganz ernstzunehmenden Buch offenbleiben.

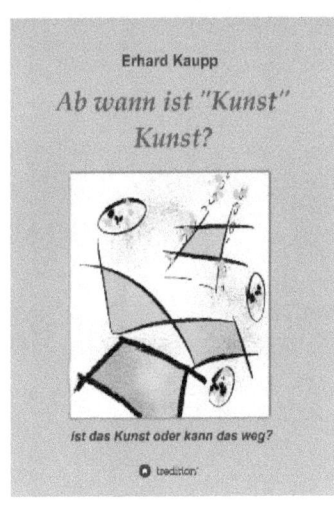

17x22 cm, 51 Seiten mit Bildern, s/w- und Farbfotos

Auszuwandern in das Land seiner Träume bleibt für viele Menschen unerreichbar. In kurzweiligen, zum Teil in sich abgeschlossenen Geschichten, taucht der Leser ein in die Welt eines Auswanderers und dessen spannenden Alltag, der zu keiner Stunde langweilig war.

Vom Abflug in Frankfurt angefangen über die Hürden des Alltags bis hin zu den abenteuerlichsten Safaris in die älteste Wüste der Welt, die Namib. Vom Traum der beruflichen Selb-

ständigkeit und die damit verbundene Freiheit und Unabhängigkeit, bis hin zu dem Tag, an dem das Abenteuer Afrika ein ungeplantes Ende nahm.

DIN A5, 448 Seiten mit s/w Fotos

Dort zu leben, wo andere ihren Urlaub verbringen, nämlich am Bodensee. Das Leben im Alltag hat aber so seine Tücken.

„Hauptsache es sind viele Boote drin - nur: Wo machen all die Schiffer hin?"

Eine zwangsläufige Frage, die sich die Menschen stellen, die an einem See wohnen.

Die Antwort darauf findet sich in diesem Taschenbuch, neben vielen anderen humorvollen Kurzgeschichten aus dem Alltag über die Menschen in ihrer Heimat am Schwäbischen Meer. Geschichten, die sich eigentlich überall in der Welt genauso zutragen könnten.

12x19 cm, 144 Seiten mit Bildern

Eine feste Anstellung und eine tolle Familie hinter mir. Ich habe es geschafft und stehe mit beiden Beinen fest im Leben. Dieser Meinung war ich so lange, bis mir mein Körper eines Tages völlig unerwartet und unmissverständlich zu verstehen gab: "Stopp - bis hier her und nicht weiter!"

Eine autobiographische Erzählung, wie Stress am Arbeitsplatz ganz plötzlich in die Welt der Depression entführen kann.

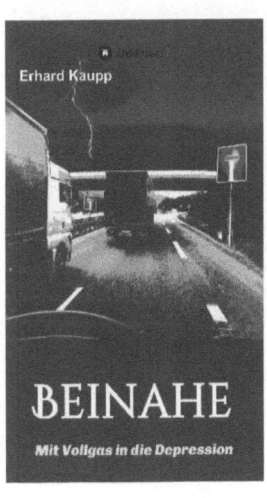

Mit „Nackt und bloßgestellt", eine Geschichte in Reimform über den Aufenthalt in einer psychosomatischen Klinik, zeigt der Autor im hinteren Teil dieses Taschenbuches, dass man einem ernsten Thema wie diesem auch humorvoll entgegentreten kann.

12x19 cm, 188 Seiten mit Bildern

Der kleine Stephan ist ein Schlingel im besten Lausbubenalter. Eigentlich sollte er wie immer am Montagmorgen zur Schule gehen. Nur hatte er an diesem Tag einfach keine Lust dazu und hatte sich etwas ganz Besonderes einfallen lassen. So dachte er zumindest!

Eine heitere Kurzgeschichte nicht nur für Schulanfänger im praktischen Taschenbuchformat.

12x19 cm, 43 Seiten mit Bildern

145

In gewöhnlicher, einfacher Umgangssprache alles gut durcheinandergeschüttelt und in Reim-Form gefasst, ist es nicht ausgeschlossen, dass sich in einer der Kurzgeschichten der eine oder andere selbst zu erkennen glaubt. Bei diesen Beobachtungen aus dem Alltag.

Ein simples Gedicht zum Geburtstag, beinahe schon intime und persönliche Einblicke über ein „Blind Date", das Verliebt sein und den Alltag generell. Humorvoll und stets mit einem ordentlichen Schuss Selbstironie.

12x19 cm, 96 Seiten mit Bildern

Wie David gegen Goliath kämpft der Hobby-Knipser gegen das geübte Auge eines Profifotografen. Ist es aber nicht letztendlich das Motiv, was einen dazu bewegt, es näher zu betrachten? Ob nun ein Bild mit dem allgegenwärtigen Smartphone, einer kleinen vollautomatischen Knipse, oder gar mit professioneller Ausrüstung und bewusst unter Einbezug des technischen Sachverstandes eines geübten Fotografen gemacht wird, darum geht es in diesem Bildband nicht!

Das Buch versucht zu zeigen, dass man auch mit einem normalen Schnappschuss etwas aussagen kann, indem man ein Foto z. B. aus einer außergewöhnlichen Perspektive aufnimmt, oder das Motiv durch gezielte Veränderung seines Blickwinkels auf Ausschnitte reduziert.

17x22 cm, 263 Seiten Bildband mit s/w Fotos und Erläuterungen

Alle Infos finden Sie noch einmal detailliert
und in Farbe auf meiner Homepage unter:

www.taschenbuecher.net

Zeitfracht Medien GmbH
Ferdinand-Jühlke-Straße 7
99095 Erfurt, Deutschland
produktsicherheit@kolibri360.de